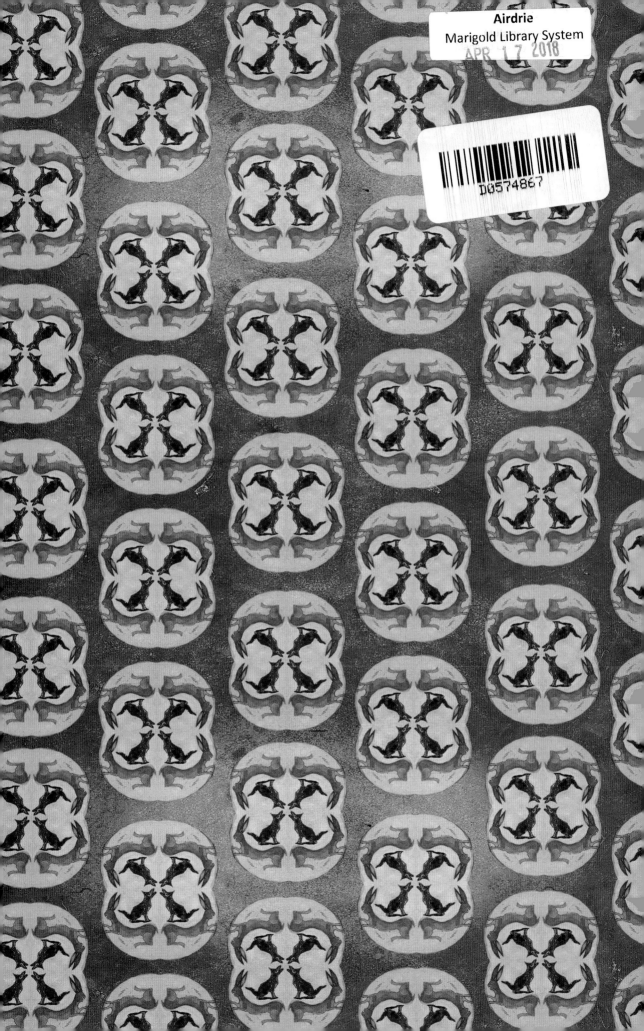

Primera edición (Tezontle): 2008
Segunda edición (Clásicos): 2008

Toledo, Natalia
    Cuento del Conejo y el Coyote = Didxaguca' sti'
Lexu ne Gueu' / Natalia Toledo ; presentación de
Josefina Vázquez Mota ; ilus. de Francisco Toledo. —
2ª ed. — México : FCE, 2008
    41 p. : ilus. ; 28 × 19 cm — (Colec. Clásicos)
    Edición bilingüe español y zapoteco
    ISBN 978-968-16-7668-1

    1. Literatura Infantil 2. Zapotecos — Cuentos y Leyendas
3. Indios de México — Cuentos y Leyendas 4. Literatura
indígena mexicana I. Vázquez Mota, Josefina, presentación
II. Toledo, Francisco, il. III. Ser. IV. t.

LC PZ7   Dewey 808.068 T818c

Distribución mundial

Comentarios y sugerencias:
librosparaninos@fondodeculturaeconomica.com
www.fondodeculturaeconomica.com
Tel. (55)5449-1871. Fax (55)5449-1873

Empresa certificada ISO 9001:2000

Colección dirigida por Miriam Martínez
Edición: Eliana Pasarán
Diseño gráfico: Gabriela Martínez Nava

© 2008, Natalia Toledo, texto
© 2008, Francisco Toledo, ilustraciones

D. R. © 2008, Fondo de Cultura Económica
Carretera Picacho Ajusco 227
Bosques del Pedregal
C. P. 14738, México, D. F.

ISBN 978-968-16-7668-1

Impreso en México • *Printed in Mexico*

Didxaguca' sti' Lexu ne Gueu'

Cuento del Conejo y el Coyote

Versión de
Natalia Toledo

Ilustrado por
Francisco Toledo

CLÁSICOS

Presentación

La memoria de las mujeres y los hombres que hablan el lenguaje de las nubes atesora los momentos y los signos de su vida en común. Por ello, los zapotecas del Istmo saben que nadie vive solo. Cada uno mantiene una conversación con los que ya han pasado. Cuando uno habla, todas las vidas se encarnan en él o en ella; se escuchan todas las voces, de hombres y animales, los sonidos de los árboles y los murmullos de la tierra. Con este ancestral acervo, los zapotecas han construido su historia, sus historias.

Ése es el crisol de voces, de paisajes, de miradas con el que está hecho el *Cuento del Conejo y el Coyote*, que hoy nos narra Natalia Toledo. Por su naturaleza universal, es un relato capaz de alcanzar a escuchas y lectores de todas las edades y todos los tiempos; que nos llega a través de generaciones y renace hoy en una nueva versión escrita. Al ponerlo en letra impresa, el Fondo de Cultura Económica manifiesta su compromiso con la perenne vitalidad de las lenguas de nuestros pueblos originarios.

A esta conversación se une Francisco Toledo con la magia de su lenguaje plástico, que recrea la textura oaxaqueña, universal, haciendo gala de la luminosidad de sus paisajes y de la añeja riqueza de sus tradiciones, orgulloso de su herencia cultural.

Desde su propia búsqueda y múltiples hallazgos, nos regala los jirones de luz que tiene en las manos. Con ellos nos revela una intuición ancestral que comparte con su paisaje y con su gente.

Con un equilibrio entre imaginación y rigor plástico, afina las miradas y nos seduce con los colores de su tierra.

Este libro es una invitación a los niños zapotecas a leer en su lengua, y una invitación para descubrir, en la historia del Conejo y el Coyote, una valiosa manera de mirar el mundo, que tiene su raíz en el tiempo y los espacios de las mujeres y los hombres que hablan en el lenguaje de las nubes.

JOSEFINA VÁZQUEZ MOTA
SECRETARIA DE EDUCACIÓN PÚBLICA

Zaniru

Guirá ni runibia' ne riguixhe xpiaani' ca binnizá, binni laanu rudxibacani casi ti guie' lu baca'nda' xti' ti yaga tama, ra ñaa, pa cazi la'dxi ne caye' cuba, pa lu yuxi nisa dó', pa ti huadxi nexhedxi ca binnigola, jñaacanu, bixhozecanu, rui'necabe laanu guira' guenda bia'pe nuu (ndaani') xpiaanicabe ne na xquitecabe ni guirá guendasicarú bisaananécabe laaca. Rui'nécabenilaanu sica pe' laani: didxa, runi gunibi lú ca ne guibidxiaaca.

Guirá xcuidi rini' diidxazá rui'nécabe laadu xtiidxacabe cadi si pa ma nuu de gásidu, pa guquinde laaca zui'necani laadu bia' lú zé dxi, huaxa si, ribezaca' guiaba gueela' ti guini' ne ca laadu xtiidxa ca bandá' ruchibi malasi gucaa xbandá' casi ti bele guí cue' yoo, zui'ca xtiidxa ti yaga ni rizá lú gueela' cahui dxa tipa bigose lú, xtiidxa xti' ca bidxaa ni zanda gaca bi'cu, yuze, bihui ne migu, ne ré' rini yaa xti ba'du huiini' gulegasi, ne zui'ca xtidxa binniguenda ni rinitica pa gundou laaca ti guie nee nisaxquixhi' ne macape bibiguetaca.

Yanna xti' ca diidxa jma sicarú rui'necabe ne napanu casi binnizá zeeda (lu) xtiidxa' Lexu ne Gueu' xti guiranu, ti guiranu ribaqui cha'huinu laa ne ca xtiidxanu pa chu' dxi güinu laa zaca nga zeeda yapanu ni ne cayapa cha'huinu ni ti ganda gunibiaca binci cubi zedaniisi ndaani' guidxilayú di'.

Ná ca ni ma' bigaba' ne nanna pandanu rini runu ca diidxa' bisaananécabe laanu ziuu dxi zaniticani, ngue runi cusiide' ti nguengue napa' guini' diidxazá. Ti laa nga guipapa guirá xixé giique yoo ne gucheche ni bizidi, laa guni dxiiña laanu zaa nisia'sinu.

Racaladxe' güé' niá' laatu sica pe´ bizide Lexu ne Gueu', biá' ¿bidixhie?, ca didxa biui'ne bixhoze naa dxi qué napa' xhono iza, ra ruzulu guiigu' bi'cu' nisa, ndaani' xa yoo casi ti guiba' dxa'tipa biguidibeela.

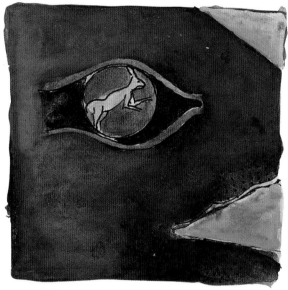

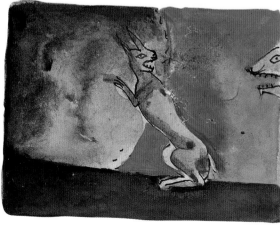

Introducción

La memoria oral de los pueblos indígenas es una flor que se cultiva bajo la sombra de un árbol de tamarindo, en el campo, mientras se descansa y se bebe pozol, o sobre la arena del mar, en la pasividad de la tarde en que los abuelos, la mamá o el papá nos transmiten la sabiduría y el arte que provee su cultura milenaria con todo el cuerpo: palabras, gestos y sonidos.

A los niños zapotecas nos narran cuentos no sólo cuando vamos a dormir sino a cualquier hora del día; sin embargo, la noche es propicia para contar historias de muertos que se aparecen en forma de estrellas fugaces sobre las paredes, de árboles que caminan en la oscuridad repletos de zanates, de personas que se transforman en perros, vacas, cochinos o changos para chupar la sangre fresca de los recién nacidos, de criaturas nocturnas que desaparecerán al instante si les arrojan una piedra con pipí, retomando su figura humana.

De la tradición maravillosa de contar que tenemos los indígenas proviene el *Cuento del Conejo y el Coyote*, que pertenece a todos, porque todos lo recreamos con nuestras palabras cuando lo volvemos a contar y así lo conservamos para las nuevas generaciones.

Como las estadísticas indican que en un futuro mediato desaparecerán muchas de las lenguas originarias de México, yo estoy enseñándole a hablar zapoteco a mi loro Nguengue, para que cuando no queden hablantes del *didxazá*[1] sobrevuele los tejados y arroje desde las alturas, mientras soñamos, las lecciones que aprendió.

Quiero contarles, a mi manera, la historia de Conejo y Coyote, inspirada, a su vez, en la versión que me contó mi padre cuando yo tenía ocho años, a la orilla del río de las nutrias, en una casa con un cielo lleno de murciélagos.

NATALIA TOLEDO

[1] El idioma de las nubes, el idioma de los zapotecas.

exu nabé nayeche' ladxi'do' ne riula'dxi' sá': xcuxtu sá renda sica rizá bacuela ndaani' la'dxi' ná' bi. Ti gueela' naya'ni' dxindxi, beeu cuzaani'tipa sica ti xiga nacubi dó' xeexhe', Lexu "diaga ri gueta biguii" zeeda guite ñee ti guiiba huiini', candaana, caxidxi ndaani'. Malasi gundisa lú, biiya' ti ñaa daapa guiiña', chaahui' chaahui' guyuu ne gulí ca guiiña' jmá naro'ba', nanda lu na' yaga sica randa diaga ca gunaa; gudó taata'.

onejo es de corazón alegre: ama las fiestas y le encanta vagar como hoja de maíz de la mano del viento. En una noche, bajo la jícara brillante de la Luna, Conejo "orejas de totopo" tenía hambre, le chillaban las tripas mientras caminaba pateando un bote de hojalata. De repente, levantó la vista y descubrió un huerto repleto de chiles; se escurrió bajo las púas del cerco y escogió para comer los más grandes, que colgaban como aretes en las orejas de las matas.

Birá gueela' xpixuaana' ñaa yeguuya' ca guiiña' sti', biiya' reeche jmá biidxi' ne cá stuuba' Lexu ndaani' layú qué; guluñe í'que ne ze'. Yendá ra lidxi, bizá' ne gui'ri' bizu ti buñegu ne bizuhuaani galaa xñaa.

Al amanecer, el dueño de la milpa fue a dar su vuelta habitual y encontró en el suelo semillas regadas y pedazos de chiles. En medio del desbarajuste descubrió las huellas de Conejo; se rascó la cabeza y se fue a su casa. Con cera de abeja hizo un muñeco del tamaño de un hombre y la puso en medio de la milpa para tenderle una trampa a Conejo.

Lexu cumu gudó nanixe lá?, guleza bixhinni ne bigueta laca ra queca yeyubi ni gó, ora yendá biiya' buñegu que rului' ti miati laa, ne guní' me:

—Padiuxi —nin tu nucabi diuxi sti', bigueta guni'me ne dxiibi'—. ¡Já! padiuxi cayabe lii la?

—Nisi bi gudiñe lucuá me. Raque ma' ne xiana guni'me—. —Biaa rigola qui racaladxe' guchiiche' lii chi guicaa' chupa si guiiña' stiu', yegapa' saa Bixhahui ca'ru' gase' ¡ne candaana bi'cua'!

Biiya' si guiruti nucabi laa bidxichi sica ridxichi migu, bizulú gudapa miati que, biguiidi' ca guiropa' chu ná', ra biiya' qui ñanda niladi' gucala'dxi' nuguu ñee, biguiidi' ca guiroopa chu ñee. Dopa cuuxhume raque bizulume bitiipime de ra gusime.

Éste, como había comido sabroso en ese huerto, esperó a que anocheciera y regresó para darse otro festín. De lejos, vio la silueta del muñeco.

Quiso ser educado y le dijo:

—Hola —pero no le contestó. Se acercó más y volvió a decir—: Hooola —esta vez con cierto temor, pero tampoco obtuvo respuesta. Entonces, irritado, dijo—: Mira, tío, no quiero molestarte, sólo quiero tomar unos chiles para comer, vengo de la feria del pueblo de Chihuitán y ando desvelado, ¡muero de hambre!

Sólo el viento le rozó la frente como única respuesta. Conejo, que tiene la paciencia de un chango, comenzó a tirar puñetazos, pero sus manos se quedaron pegadas en la cera; quiso despegarse y a pesar de los intentos no pudo. Entonces comenzó a dar de patadas y sus pies también se pegaron. Hecho bolita sobre el muñeco y desesperado, se puso a chiflar hasta que se quedó dormido.

Birá gueela' bidxela xpixuaana' ñaa que laa gui'di', "diaga ri bacuela", guluube laame ndaani' ti guixhe ne bicaa dechebe ni. Yendábe ra lidxibe, bigaandabe ni cue' yoo, bicuibe nisa lu dé', ne bixuí'lúbe ti bladu' sampa' dxá' lexu bidxu'ni' ndaani'.

Al día siguiente, el dueño de la milpa encontró a "orejas de totomostle" adherido al hombre de cera, lo metió en una red y se lo echó a la espalda. Al llegar a su casa, la enganchó a la orilla del corredor y puso a hervir agua, imaginándose trozos de conejo frito en el fondo de un plato de barro.

Ngue cazaaca, malasi guxhalu Gueu', biyadxime Lexu ne gudxime laa:

—¡Já! ¿xí cayu'nu' rarí dxe?

—Biche' huiine' binni di' ná guichagana'ya' xiiñidxaapa ca', tobi lucha gunaa xabobo, xisi naa nahuiine' ne ca'ru' gueeda nda di' dxi guichagana'ya'. Biaa (ne bilui' naa guisu candabi *xpocoxpoco* lu dé) mapeca cayunicabe ti guiñado', qui ziaanu' rarí' ne guichaganou lii la?

Para na Gueu:

—Bia lexu diuxquixepe lii ti nannu nuu guenda bi'chi—. Gueu' cumu bráxi laa la? guyuu guxooñe ca ndaani' guixe, diaga ri' ziña rundubi, biree yaande zé'.

Eso pasaba cuando Coyote apareció; miró a Conejo y le dijo:

—¡Já!, chamaco, ¿qué haces metido ahí?

—Hermano, esta gente quiere que me case con su única hija, sólo que yo estoy chiquito y no he madurado lo suficiente; mira —le señaló la olla con agua hirviendo *plop, plop, plop* sobre la lumbre—, ya hasta están preparando un mole para la boda; ¿no quieres quedarte en mi lugar y casarte tuuú?

—Conejo, gracias a Dios que tú sí sabes que existe la hermandad.

Coyote, que es un solterón que no sale ni en rifa, rápido, antes que Conejo cambiara de opinión, se metió dentro de la red. El orejas de soplador aprovechó y se echó a correr.

Ora yenda xa nguiiu biiya' de pe' namono ñe'chu' gueu' ndaani' guixhe, qui ñee ñeedabe bilaame laa ne xiana ndaani' guisu nisa ndá'. Gueu' nisi biree yaande ne biaba *ndxinglón* ndaani' ti guiigu de ra gudi'di' yana' guidiladi.

Cuando volvió el señor de la milpa vio a Coyote dobladito en la red; enojado, lo tomó de las patas y lo aventó dentro de la olla. Coyote salió corriendo y de un *splat* brincó en el primer charco que encontró, hasta que pasó el ardor de su piel.

Xti dxi que, Gueu' canayubi lele Lexu, ora bíya'me laa canaguite luguiá' ti yaga bitu xiga.

Al día siguiente, Coyote andaba buscando desesperadamente a Conejo hasta que lo vio jugando en las ramas de un árbol de jícaras.

"Diaga yu'la'" la? bi'ni sica qui ñuuya' ne gundadi ti xiga.

Ná Gueu':

—Yanna dxí bedanda dxi gahua' lii.

—Xi modo zeu' pue bichi pa naa nadxiee' lii stale ne cayapa piá' ca biaahui jmá naro'ba' ne nanaxhi dxiña golo', xisi bixhale ruaa nga laani.

Yo ná Gueu' bixhale ndaga ruaa, bizulú Lexu bindaa tobi, bindaa stobi, raqué que ñe ñeeda bindaa guidubi chii bisaba ni ndaani' bayanni me'. Biá' qui niree yaande si guielú Gueu', gu'ga' yanni. Lexu bitopa ñee ziguxooñe.

El orejas largas hizo como si no lo hubiera visto y rápidamente cortó una.

Coyote le dijo:

—De hoy no pasas, te comeré.

—Hermano, ¿qué te pasa?, cómo me vas a comer si te estoy guardando los zapotes más sabrosos y dulces que jamás hayas probado; es más, abre la boca, para que veas que no te estoy mintiendo.

Coyote abrió la boca y Conejo comenzó a lanzarle jícaras, una tras otra, hasta que no se tentó el alma y le aventó de golpe un racimo; por poco se le caen los ojos de la asfixia a Coyote. Conejo dio un salto y patitas pa' qué las quiero.

Dxi que bidaabi guiichi ladxidó' Gueu' guniná Lexu:

—Guxubi dé la'du' "diaga ri dxumi laga", pa naa guinaaze' lii zuseenda lii gabiá.

Ngue zinǐ í'queme zizáme canayubilúme Lexu "diaga roo". Malasi bi'ya'me laa bia' qui guireza si cuchá tipa bi ladxidó', cucueza ti guie.

—Yanna huaxa Lexu que zalalu', pabia' ti lii quitu naa la?.

Bicabi ca Lexu:

—Biaa pa zeeda siñu la? biduuba' purti' naa cadi caguite' dia', pa naa gundaa guie di' zanitilú guidxilayú, ni bandá stinu qui ziaana, ne biduuba' purti' ma cadxaga', pa ñuu xpiaanu' la? ñaca neu' naa, cumu nahuátilu' la? zuhúa siou' cayaande tiipa si lulu'.

Ese día, a Coyote se le enterró en el corazón la espina de la venganza. Tenía que desquitarse de Conejo. "Úntate ceniza en el cuerpo, orejas de canasto, que si yo te atrapo te mandaré a la tiznada", iba diciéndose Coyote mientras caminaba y sus ojos, como el péndulo de un reloj, se movían de un lado a otro buscando a Conejo. Lo encontró arriba de un cerro empujando una piedra, a punto de reventársele el pecho por el esfuerzo que hacía.

—Conejo, ahora sí ni quién te salve, ¿cómo se te ocurre burlarte de mí siendo tú tan pequeño?

Conejo respondió:

—Mira, si vienes a molestar lárgate, porque no estoy jugando; si yo suelto ésta piedra, el mundo se acabará y no quedará ni nuestra sombra; además, ya me estoy cansando; si tuvieras juicio, ayudarías, pero como eres tonto sólo estás de mirón.

Para na Gueu':

—¡Biduuba'! cadi nou' la? cadi guiza' ladxidua'ya' ¡zacaniá lii!

Ne bilaaname Lexu. Gucuaa Gueu' ne guirá xtipa bicaana' xa guie; ra bidxaga bicaa deche ni, raque ma' ne ñee bi'ni' stipa, ra biiya ma' cayaca diti guidubi guidiladi la? Guní í'que zaa ché gabià guidxilayú ne bindaa xa guie, biduuba' ne bisegu lú, guie que qui niniibi. ¡Já¡ gunní Gueu' yooxo', ma' gudxite lú yaande di naa xti bieque. Biré ze' ziyo dí laa ne ziguini'huaahua.

Entonces Coyote dijo con orgullo:

—¡Quítate!, no creas que soy un animal insensible, te ayudaré.

Coyote empujó con toda su fuerza la piedra. Cuando se cansó, giró sobre su propio eje y la detuvo con la espalda. Después con los pies, pero ya no pudo más y le empezó a temblar todo el cuerpo. En ese momento se dijo a sí mismo: "¡A la chingada el mundo!" Se tapó los ojos y soltó la piedra; la piedra no se movió ni un centímetro. Sorprendido, pensó: "este ojón ya me volvió a engañar". Se fue enojadísimo y maldiciendo a Conejo.

Yendá xa'na ti yaga ne bichenda xhubaana' raqué, gunda nisa ruaa biiya' nexhe Lexu ndaani' ti chu ná' yaga. Gueu' ziguini' ru'; malasi biaaxha Lexu guní', ¡dxisi ruaalu'!, bigáni racá qui chi guiniibilu', cadi gannu cayapa' ca ba'du cazidi' di' la? ruuyu' guiiba' yu'du' di' la?, ná ne bilui' ná' ti lidxi bizu, racá nuu tuudxi ba'du' cayuunda' gui'chi', ma yaca guireecabe chi chitecabe, pa ná lu' la? zanda guiaanu' lii rarí' ti quibilu' bigudxa huiini' di' ra nuucabe. ¡Jojó! xa dxe' nga huaxa sicarú gune', dané ni naa. Gucuaa ca Gueu' xa yaga, Lexu biree ne guní', nagasi guibigueta'.

Se recargó bajo un árbol, donde paseó su cola, alzó la vista y descubrió a Conejo acostado sobre una de las ramas.

Apenas iba a tomar aire para pronunciar palabra cuando Conejo, señalando con una varita un panal de abejas, dijo:

—¡*Shh*, silencio tu boca! No te muevas, ¿no ves que estoy cuidando a estos niños que estudian? Ahorita están leyendo, pero ya va a ser hora de que salgan al recreo a jugar —insistió en voz baja—. ¿No te gustaría quedarte en mi lugar y tocar tú la campana?

—¡Ay, eso sí sería un gran honor! Dame la vara que yo tocaré la campana —exclamó, meloso, Coyote.

—Ahora vuelvo —dijo Conejo.

Coyote esperó un rato, recostado sobre la rama, varita en mano.

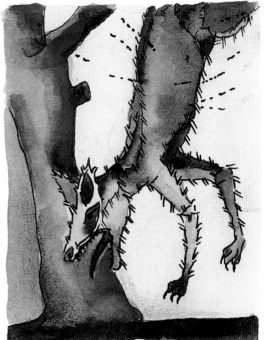

Bibaaba ndaani' na' Gueu', que ñe ñeeda gucua xa yaga ne guidubi xtipa gudxibi ni lidxi bizu que, biaya nda ca mani' que luguiame, gudxiruca' guidubime ni ti ndaa' guidiladime qué nilá, birè' zé Gueu' zitubi sica ti guisu layú, canayubi lú paraa jmá naxhaaya' ti xubi guidiladi, qui nidxela. Gaxa nuu ti bandaa' nisa nisi biaba *¡chacá!*, ndaani'ni de ra biete guí ladi.

Como la paciencia no es su fuerte, giró su cuerpo y con toda su fuerza le pegó al panal: inmediatamente salieron las abejas en racimos y lo empezaron a picar por todas partes. Salió huyendo hecho un loco y comenzó a rodar como olla sobre el suelo. Desesperado, buscó las superficies más rugosas para rascarse, pero no tuvo suerte. Cerca encontró un río y ahí *¡plas!*, se tiró.

Raque biree sica riale' ti mudubina luguiá' nisa, gurime xadxí cue' guiigu' sica ni biniti xpiaani'. Bicahui ne beeu bihuinni biaani' ndaani' nisa xti' guiigu'. Bidxiña Lexu ná:

—Biaa Gueu' ma' nanna' qui zala'ya' diá' lu nálu' zólo naa, niru gólo' naa la? xiñee que golo' cuba niidxi' nuu ndaani' guiigu' di' —bilui' ná' Lexu beeu xu'ba' laahua ndaani' nisa—, xisi ti ganda gólo ni lá? Naquiiñe guélu' nisa niidxi stini.

Esperó a que su piel se desinflamara de tanto piquete y, más tarde, floreció como un nenúfar en la superficie. Se quedó pasmado sentado a la orilla. Oscurecía y la Luna fue dibujándose sobre el agua. Del otro lado del río Conejo lo miraba. Se acercó:

—Ya sé que me vas a comer, que no tengo salvación, pero antes de hacerlo, ¿por qué no le das una mordida a este queso? —le dijo, señalando la rueda blanca que se reflejaba en el fondo del río—, sólo que para comérselo hay que tomarse todo el suero que lo envuelve.

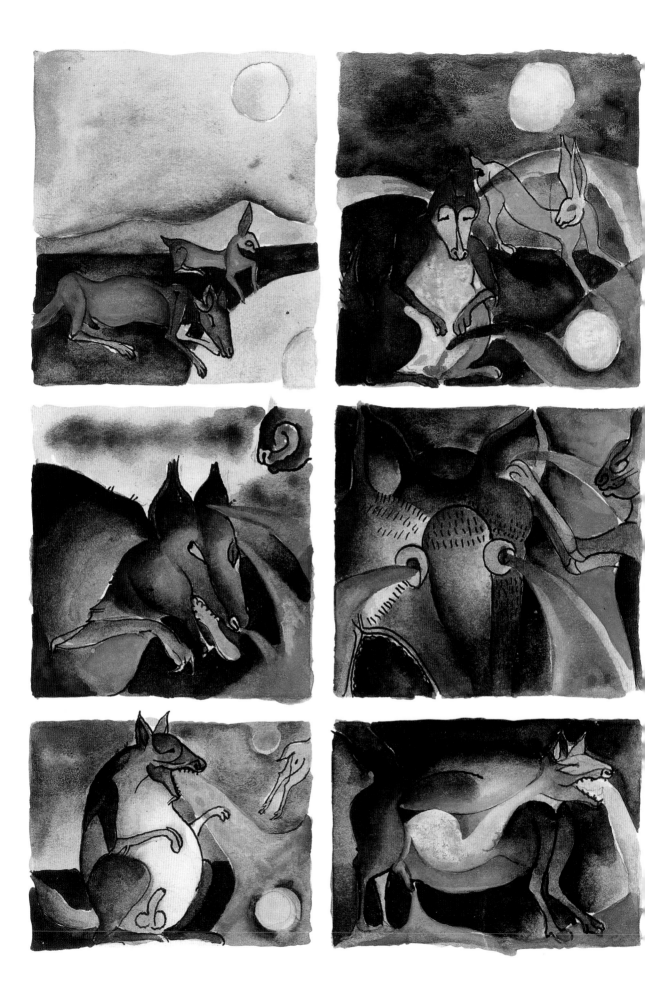

Ya, na Gueu'. Bizulú cayé' *ngu' ngú' ngú'*, bidxá ndaani' sica ridxá nisa vejiga, bizulú biree nisa diaga, xii, guielú, xcurgui', ni qué nizaala'dxi' ne güe'rume jmá.

Coyote contestó que sí y comenzó a beber el agua, *glu, glu, glu* y nada que se la acababa: se infló como un globo y le salió agua por las orejas, por la nariz, por los ojos, por la cola, por todos los orificios, pero siguió bebiendo.

Lexu cumu runibiá' ti neza riné ra lidxi beeu la?, bizulu gudxi'ba' guibá', ne gatiga rutixhilú ruuyame Gueu' cayé' huati ru' nisa ma ruluí' ti bidxaadxa cuxooñé' nisa guidiladi.

Mientras tanto, como Conejo sabía de la existencia de una escalera que lleva a la casa de la Luna, aprovechó y comenzó a subir. De vez en cuando volteaba a ver a Coyote, que bebía tan enajenado que ya parecía una coladera de tanta agua que le brotaba por todas partes.

Lexu yendá guibá' ne gu'ta' sica ti baduri'ni' ndaani' ná' jñaa.
Garondati nuu gueela beeu zuuyu' Gueu' cayuuna' ruyadxi guiba', ti nanname raca nucachilu Lexu, ni qui ganame la? Lexu laaca ruuya' laame.

Conejo llegó a la Luna y se recostó como un recién nacido en los brazos de su madre. Desde entonces, cada noche que hay luna llena, Coyote aúlla apuntando su hocico hacia el cielo, porque sabe que ahí se esconde Conejo. Lo que no sabe es que Conejo también lo mira.

Cuento del Conejo y el Coyote,
de Natalia Toledo y Francisco Toledo,
se terminó de imprimir en agosto de 2008
en Impresora y Encuadernadora Progreso, S. A. de C. V.
(IEPSA), calzada San Lorenzo 244, Paraje San Juan,
C. P. 09830, México, D. F.

El tiraje fue de 4 000 ejemplares.

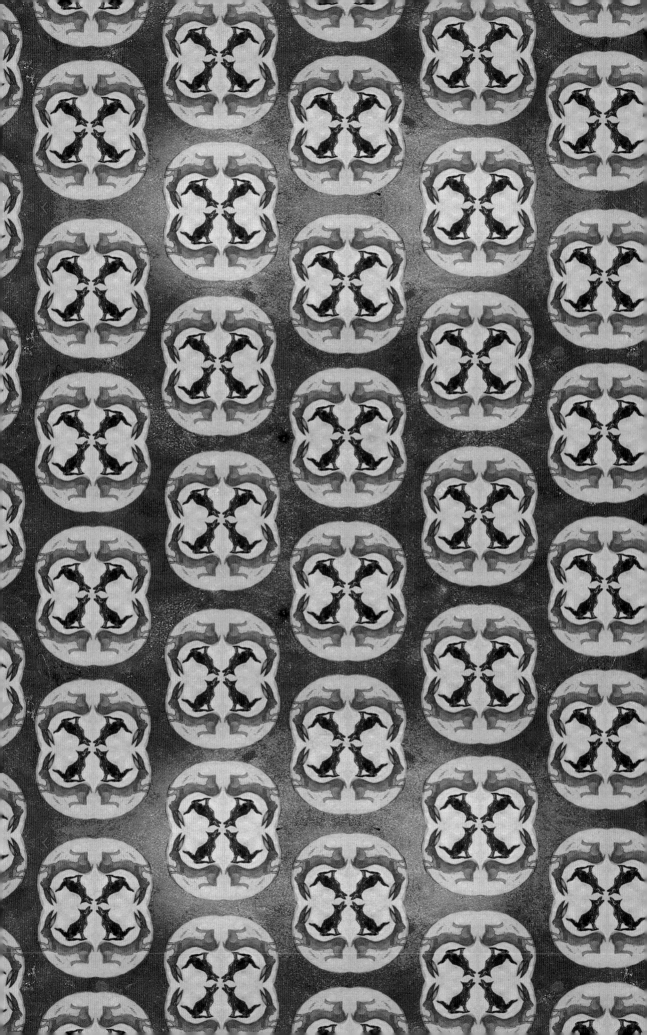